엄마의 / 꽃밥상

엄마의 / 꽃밥상

정지원 / 사진시집

당진문화재단

시인의 말

어머니를 모시며
20여년 등산과
자연생태 사진을 담고
그 후기로 시를 쓰고 한다

엄마와 자연과 함께
많은 시간들이
행복한 그림이 되었는지
가끔씩 되돌아 본다

늘 부족하다고 생각하다 보니
그게 힘이 된 것 같다
더 새로운 세상을
바라보고 가련다

2023년 9월

목 차

1부 / 봄맞이

봄맞이   12

침묵의 말씀   15

홍매서정   16

처녀치마   19

이 빛의 길에 서서   20

사 월   24

폐 가   27

그 남자의 미용실   28

우강들,5월   32

가창오리 군무(19325)   35

우강들,5월   28

산자고   36

물 꼬   39

주산지   42

2부 / 구원

해바라기　　　　　　　47

바람의 언덕　　　　　　48

더워도　　　　　　　　51

소진(Burnout)　　　　　52

지안재 이야기　　　　　55

설악을 오르며　　　　　56

폐목선　　　　　　　　59

안개바다　　　　　　　60

열빛깔 꽃무지개　　　　62

덩굴장미　　　　　　　65

일색고사리　　　　　　66

구 원　　　　　　　　69

연 꽃　　　　　　　　70

3부 / 엄마의 꽃밥상

꽃무릇   74

나 는   77

섬말나리   78

엄마의 꽃밥상   81

김칫독   82

가고 오는 계절아   85

알고갱이 시절   86

야 경   91

최고지   92

신 문   94

장 단   96

가을 바람   98

저어새   101

4부 / 먼 후일

기 도   104

담쟁이   107

고니마을   108

동백꽃   111

25시   112
멘붕(mental collapsing)   114
석 양   116

물총새   119

복수초(Adonis)   120

세 월   122

구사일송   124

하 강   127

먼 후일   128

평론_공광규(시인)   131
어머니와 동식물과 인사의 비유

반영으로 두배가 된 우강들 일출

1부 / 봄맞이

봄맞이

연분홍 수줍음으로 너를 맞는다
살구빛 볼 웃음으로 너를 맞는다
새색시 부끄럼으로 너를 맞는다

사르르 꽃잎 지고
연두 새잎 피어 오른다

*꽃이름:봄맞이

침묵의 말씀

저—어기
저 한 그루 팽나무
동방의 아침을 꽃피워 섰다

오랜 침묵 수행
전하는 말씀의 산이 높다

홍매 서정

사랑 툇마루 다가서면
금방 차려진 칠첩반상
창호지 문 열고 엄니가
활짝 핀 홍매화 얼굴로
반길 듯

* 팔현계곡 처녀치마꽃

처녀치마

높은 산 습찬 자리
보라로 피우는 꽃
긴치마 다소곳이
오지랖 드리우고

긴긴날 그리워하다
구름 지듯 지느니

이 빛의 길에 서서

그 사월 어느 날
흰 옷 차림으로
이길 나섰던 장군이시어

저희는 지금
어머님 부음 받고
백의종군하던 처절한
그 맘 되어

꺼질 듯 흔들리는
노란 촛불하나 들고
조심스레 이길 밟으며
님을 향합니다.

몇 척의 전선으로
수백 척의 적
무찌르러 나가실 때

님의 가슴에 활활 타오르던
불꽃같은 정의와 애국심이

2016년 아산 이순신 통곡의 길을 걸은 후

지금 저의 가슴에서 울컥
뜨거운 것으로 맺혀옵니다.

부디 신궁의 활로
지금 이 갈피 못 잡는 나라
정의를 가르쳐 주시고
봄빛으로 인도 하소서

산야를 깨워오는
저 꽃들의 붉은 노래가
님의 말씀이 되게 하소서

장검을 짚고 서신
태산 같으신 모습을 안고
백두와 한라의 영봉을
동해 물결에 씻으며

우리 풍운의 민족
다시 일어나기를 외쳐봅니다

사월

꽃샘 바람 분다
벚꽃잎 날린다

마른가지 새순 움트는 소리
움찔움찔 연두싹 오른다

지독한 가뭄 끝 단비 내리던 날
단 한분 외삼촌 하늘가셨다

구순 넘은 울엄마가 업어 키운
띠동갑 아래 남동생 소식에
진달래빛 눈물 흘린다

내 연분홍 사월도
쏜살같이 빠져 나간다

* 경주 대릉원

폐가

구름사이 일출로
폐가는 황금빛

나와 같은 시대를 살아온
저 논가운데 굴뚝
향수를 가져온다

육신은
곧 무너질 것 같아도
마음은 우뚝한
저 굴뚝의 기상

힘들었던 지난 날들
따스한 기억이여

검은 연기
푹푹 오르던 지난 일들

그 남자의 미용실

저녁 노을이 예쁘게 떨어져서
한참 서 있게 하고
어린이집 앞에 목련 핀
한 발짝 길 옆
그 남자 미용실 있다

거기서면
아산만 건너
진달래 지천 피는
내 고향 아스라이 보이고

울엄마 같은 동네 할머니
고구마 쪄오고
윗마을 이장 막걸리 냄새 풍기며
차례 기다리는

오랜 세월
서서 가위질 하느라
아픈 관절
벌 키워
제 스스로 봉침 맞는
그 남자

손님들 시원하게
맛사지 해주며 머릴 감기고
반가운 미소로 꿀 차 내놓은 아내

난 오늘도
제 머리 못 깎어
긴 머리 질끈 동여 맨

그 남자 미용실 이십 년째 간다

★ 공세성당

우강들, 5월

저어새, 황새, 백로, 왜가리
민물도요떼들 먹이 찾아
노타리 친 이논 저논 분주하다

고래가 드나들었다는
폐교 된 내경국민학교 운동장
소반리 마을회관 주차장 모판
빈들에 초록으로 채워진다

대포리 논가운데 성성한 팽나무
거대한 둥근 연두꽃
굴뚝만 성성한 폐가도
아침해로 황금빛

허리 한 번 필새 없이
엎드려 소 되어 모내기하는
아버지도 희미하게 보인다

* 삽교천

가창오리 군무

부르지 않아도
봄은 저절로
문앞에서 서성인다

노을의 볼이 발그레 해지면
저들은 앉았다 부상했다

다시 대열을 정비하길
몇 번째 회오리치 듯
이리 쏠리고
저리 쏠리고

하늘 보며
고개를 이리저리
무리의 대형을 따라 간다

우리 인생은
저리 붉은 가슴을 가지고
어디로 가는 것일까

산자고

그곳 신시도 가면
그리움에 지쳐
바닷바람에 빛바랜
네가 살지

돌위 살포시 얹힌
새하얀 꽃
너무 기다림에
지쳐 보랏빛

자애로운 시어머니
산자고 아니 까치무릇
한꽃 두 이름 산자고

난 그 산의 별들
그리고 모여 있는
그님들은
은하수로 불러주고 싶어

물꼬

볕이 하지를 향해
내달리기 시작한다

수렁들 30마지기 삼천다리
30마지기 원안 40마지기
여기저기 멀리 떨어진
족히 10리는 떨어진 논들

우리집
항상 마을에서 제일 늦게
모내기가 끝난 즈음이면
초여름 됐다

아버진 이제 물꼬와의
치열한 싸움이 시작됐다

동트기 전 일어나
괭이 둘러메고
먼 논부터 차례로
물꼬보고 들어 와

늦은 아침 먹었다

웅어가 뚫어 벌어진 물꼬
단디 틀어 막고
헤벌쩍 벌어져 웃는 물꼬
야물딱지게 다지고

삐뚤어진 물꼬
물길 바로 나가게
잘 나가는 물길
다시 또 다지고

별지고 달 뜰 때 까지
논두렁 밭두렁에서
해와 같이 소처럼
누렇게 살았다

나 이제 이순인데
내 인생 물꼬는 제대로인가

주산지

둥글게 구불어진
주산지 길 오른다
길 옆 큰 바위
수호신 처럼 웅크려 있다

하얀 미나리냉이 노란 애기똥풀
이제 막 사뿐 오르는
진달래 연두 잎

물속엔
태고의 바람결대로 굽은
왕버들가지
잉어와 산새들 놀이에
잔물결 일렁인다

삼백살 동안 주산지에
목마름은 없었던
연둣빛 물에 잠긴
검푸른 녹색머리

원앙 내외 쓰다듬으며
내 손도 물속을 스쳐간다

2 부 / 구원

해바라기

내맘도
가끔씩은 들여다 보자
뒤틀리고 꼬여지고
시커멓게 굴속된 마음
해바라기 하자

바람의 언덕

습습한 바람 시작되는
팔월 오면
바람의 언덕 거대 풍차
더 빠르게 돌아 간다

함백산 갈림길 싸릿재에서
일월비비추 하얀 물결치는
금대봉 지난다

다소곳 도라지모싯대
고갤 떨구고
늘씬한 각시취 큰제비고깔
장승처럼 서 있다

된비알 비단봉
산꿩의다리 애기참반디
향긋한 참당귀 그득한
숲 속 길 지나
드넓은 초록 융탄자
고랭지 배추밭

바람의 언덕 씌여진
하얀 글씨 팻말 몇 발짝 옆옆마다
하늘 찌르는 육중한 거대 풍력기
휘이잉 발정난 숫사자 소리

어릴 적 코 비비고 눈물 닦던
포근한 고라니 등같던
울 엄니 등

이젠
힘 없는 노안
새하얗게 서리내린 머리

울엄니 비빌 언덕은 있나?

* 매봉산 바람의언덕

＊곰틀봉 솔나리

더워도

어릴적엔
삼복더위라도
삽살개 헐떡이듯 덥지 않았다
에어컨 냉장고 없이도 잘 살았다

요즘은 샤워하고 돌아서도
금반 땀범벅
얼음과자 먹어도 덥다

난 그냥
더울땐 더워서 좋고
추울땐 추워서 좋기로 했다

난 어느 때부터
산과 들에 피고 지는 야생화
보고 찍고 해야 산다

이 꽃들 보고
사는데 힘을 얻는다

바람 한점 없는 숲 속
꽃들 아우성치는
삼복더위가 좋다

소진(Burnout)

하얀 해무 위 그대 사랑 채워요

거뭇한 몽돌, 뻘 위 칠면초
산속으로 질주하는 게
닻 내린 포구의 배
검은 전깃줄 거미줄 같아

해송 그늘 아래
붉은 털중나리
길 옆, 하얗게 웃으며
간들거리는 큰까치수영

밤하늘
달무리에 싸인
초승달 빙긋

밧데리 나간 카메라에
찍힌 나머지 피사체들

* 서산 웅도

지안재 이야기

길 위에서
늦은 저녁 먹을 때
길 고양이
차 안 방석 위 앉아
만찬 훔쳐 먹는다

언덕 위
분홍빛 이야기
솔솔 바람에 흩어져
재넘는 차량 불빛 속
궤적되 달린다

하늘엔 은화같은
별 흐르고

설악을 오르며

비구름도 준봉을 쉽게 넘지 못한다

강물은 구불구불 산허리를
에이며 흐른다

오월 중순
푸른 녹음은 나무 끝자락서
갈곳 몰라 어쩔 줄 모른다

난 가뿐 숨
몰아쉬며 공룡능선을 오른다

신선봉 벼랑 위 산솜다리
빼꼼히 내려다본다.

살아간다는 것은
바위틈에서
꽃을 피우는 일

* 설악산 산솜다리

폐목선

해기울어가는
내고향 아산만
갯고랑 아래

나 닮은 저 목선
정치망 너머
너른 바다로 나가는
싱싱한 꿈 있을까?

밀면 밀릴 듯
다 닳아져가는
닻줄에 의지한
폐목선 하나 있다

박주가리 갯질경이
노란 짚신나물꽃 칠면초들
갯골 가장자리 점점히
그림처럼 살아가는 부둣가
바닷물 차오르면
이리저리 두둥실 떠다닌다

갯고랑 훤히
드러나면 먹이 찾는
갈매기들만 분주한데

안개바다

하늘과 바다 섬의
숲까지 삼키고
따개비,고동, 게
모래 위 몽글몽글 솟은
수많은 그들의 숨구멍도
순식간에 흔적 없이 삼켰다

파도는
고요속으로
언제 잠들었는지 모르겠다

난
안개속에서 재빨리
그를 끄집어 내어
갯뻘 앞에 정박시키고
질척한 뻘 속에서
길잃은 소라 하나 집어든다

아직도
안개의 미로 속에서
헤메이는 사람들
안개는
한밤중 적군의 공습처럼
스르륵 잠식하며

하얗게 하얗게
모두를 스미여 가고 있다

* 바람아래해수욕장

열 빛깔 꽃무지개

1하얀 물매화 왕관 솟구쳐
2빨간 인가목 신선봉 오른다
3주홍 하늘나리
4노란 해바라기 한다
5초록 만삼 종소리 울리니
6파란 하늘매발톱 세워
7남색 각시붓꽃 하늘 향해
8보라 산부추 불꽃놀이 준비
9검은 종덩굴 자궁속 컴컴한 흙빛
마침내
0곡진한 정한수꽃 물빛으로

덩굴장미

아침 비개이고
볕은 화사하다
벌어지는 한송이 장미

숨은 꽃대에 박힌
예리한 바늘에
움찔 놀라곤 한다

타향에서 병든 맨몸으로
복지시설 운영한다는 것은
장미꽃대 꺽이는 짓

맺히려하다
봉오리 말라 비틀어지고
피어나려하다
꽃 사그러지고
모가지 꺾이려하다
다시 일어서길

말린 장미꽃 붙혀
그 꽃에
장미향 넣어
분홍 한지에 잉크 찍어
날개 펜으로
밤낮가리지 않고
이곳저곳 여기저기

마침내
마른 장미꽃잎
덩굴장미로 피어나
울타리 이뤘네

일색고사리

성인봉에서 도동 향하여
내내 너도밤나무 숲 아래 녹색고사리 융단
점점히 노란 섬말나리 가로등 되 서있다

초록바다 일색고사리 대평양 향해
거칠고 짠 바닷바람에
이리쏠리고 저리쏠리고 한다

맘을 단단히 붙들어 매야한다
그 바람에 일색으로 쏠리기 십상이다

앞뒤가 꼭 같은
일색고사리에 흠뻑 빠졌다

속과 겉이 같은 사람이 좋다
시시때때 카멜레온처럼 변색하는
정치가들 생각난다

나라도 하늘 다하는 날까지
언제나 일색으로

* 삽교천 과적검문소

구원

청보리 이삭 가물가물 피어오르고
아카시 찔레꽃 하얀 향기 몽롱하다

조금에 썰물
벌거벗은 갯뻘이 드러나고

갯고랑도 가랑이를 벌린
가운데 그곳

정치망에 촛점 맞추어
삼각대 고정한다

물줄기 흐름이 선연한데
팔뚝만한 숭어 거스러 오르다
다시 내려가기 긴박해진다

물빠짐 속 달박달박 그들을
보이지 않는
장노출 사진 속으로
넣어 버린다.

연꽃

백련 또르르 말린 푸른 잎 위 청개구리
두 손 가지런 걸치고 우릴 쳐다본다

홍련만한 아이 분홍모자 쓰고
홍련되어 아비어미 손 잡고 옹알옹알 걷는다

하얀 팔 민소매 분홍원피스 연인
팔장끼고 빙긋 웃으며 연꽃 바라본다

아기만한 쇠물닭 머리 흔들며 헤엄치다
물수제비 뜨며 나른다

백련 사이 새하얀 중백로
검은 두다리 가지런 뻗치며
날아 오른다

연꽃도 연못도
함박웃음 웃는다
조용히

3부 / 엄마의 꽃밥상

꽃무릇

잠잠하던 뙤약볕 여름
마른 땅속에서
불쑥 올라 와
구월을 붉게 기도한다

별빛
달빛
햇빛
바람으로 버무려
진초록 옥대 위
붉은꽃으로 피어올라

그 봄 까칠하게
삐칠 듯 성성하던 잎
모두 다 떠나보내고
흔적없다

나도 외론
붉은 우산꽃
두손모아 기도하는
내 어머니

* 영광 불갑사

나는

흙속
어미자궁 태어나

흙속
분진세상 살다가

흙속
주목에 양분되리

섬말나리

성인봉 온산 내내
노란 섬말나리 가뜩
일색고사리 속 쑤욱쑥 고개들었다

너도밤나무잎 양산되어
햇빛가리고
나리꽃 황금분 향기 진동한다

초록 동그란 아빠 방석
그위 엄마 방석 받혀서
꽃대 드높이 올려
아기꽃들 해바라기 시킨다

벌 나비 부지런히 오가고
몽환 속 숲길 걸어 간다

너, 나 우리
한마을로 어울어지고
한지붕 대가족
북적북적 정답던
어릴적 그리워진다

엄마의 꽃밥상

나이 육십 넘어서니
차려주는 밥상보다
차려받는 밥상이 더 좋다

밤 낮
텃밭 사랑으로 키워 낸 푸성귀
봄이면 들판에 저절로 푸른
달래 냉이 머위 씀바귀 뜯어
사시사철 밥상 차렸다

꽃나이로 시집 와
자식들 향하는
칠십여년 시간들
헤지고 무너져 내린
고달픈 삶

내 마음 같게
자식들 맘 가질 수 없는 열망
닦아 내고 닦아 낸 고독
갈무리 해 온 가슴

빛바랜 낙엽으로
무수히 지고 졌다

떠나는 길
이젠 머잖았다
구부러진 허리
반쯤 접혀진 무릎
마다않고
주춤주춤 거리며

아침마다
지극한 꽃밥상 내어놓는다

김칫독

염천 가뭄 땡볕
들깨 모종
대파 모종

언덕 받이 모래밭
오줌누기 불편 해서
물 한 모금 안마시고 심었단다

구십평생 처음 앓아 본
대상포진 석달여
이제사 몸 움직일 만했는가

우물자리 만 한 두 구덩이
나무 밑에 파냈다

까짓껏 팔뚝만한 나뭇뿌리
톱으로 쑹덩 잘라내고
이틀만에

두 항아리
수세미로 쓱쓱 닦아

이리둥굴 저리둥글
구덩이에 앉혔을게다

하루 야근하고 돌아와
할 말을 잃었다

퇴근하고 들어오면
웃으면서 박수치는
내 어머니여

가고 오는 계절아

수없이 간
거기 그곳에
보라구슬 좀작살
하늘빛 아래 바위솔 그득하고
배풍등 쥐똥나무 열매
쑥부쟁이
날 기다리는데

조금 일찍
서둘러 퇴근해 들어오면
많이 기다렸는데

오늘은
일찍왔네 하시던
아랫목 빈자리 휑하다

난 그 곁을
쌩쌩 달리며 오갑니다

구순 울 엄니
어제 또 입원
척추골절 폐렴
몇일 오줌똥 치웠다
병원 안가고 여기 따순방에서
누워 있으면 다 난다며
네 차타고 집에 가자
조르던 엄니

알고갱이 시절

십여리 국민학교 가는 길
논둑을 가로질러
과수원 철조망 울타리 지나
버스다니는 신작로

오른쪽 을씨년스런 상여집
왼쪽 너른 황토밭

봄엔 보리 가을엔 배추
길가생이 한고랑 무잎 푸르렀다

여자애들 골탕 먹이려 는 사내 애들
뱀사체 가로질러 길에 깔아놓고

머리 땋아놓은 질긴 사초풀에
뛰다 걸어가다 고꾸라지면

등치작은 날 말없이 애호한 건
옆집 오빠다

봄이면 삘기순 따주고
여름엔 새콤달콤 빨간 산딸기
가을엔 노란 속 고갱이 꽉 찬 배추 속

내 작고 힘없는 주먹으론
어림없던 단단한
그것

두 손가락 푹 질러 파서
내 입속에 넣어주곤 했다

철모르게 지난
구멍났던 껍데기 시절들
이제야
옹골차게 알고갱이
채워가고 있다

아득해서 더
아름다운 날들

* 강원 정선 새비재

야경

빌딩 숲 건너 은행나무 가로수 사이
곡교천 가랑이 계곡 되어
검은 빛으로 흐느끼듯 흐른다

카메라 광각렌즈
벌브 B모드 F18 iso200
인물 또는 풍경 올 포커스
단촛점 놓고
릴리즈가 필요해

자연 가로수 숲과 인공 아파트 숲
은행나무 야경엔 인공의 조명이 살고
빌딩 숲 밤엔 매일 그리운 그대 살까

저 빛은 아스라한 야경을 위하여
저 빌딩 숲 속 아련한 등불들
그대 항상 내 맘 속 빛으로 있는데
오늘밤   저 빛 속 그대 있으려나
룸바음악과 함께
눈물의 핏빛 레드와인 마시고
포근한 그대 품 안겨
흐느적 스텝 밟고 싶어라

최고지

달마대사 그림 보니
해탈 웃음소리
허 허 들리는 듯하다
서산 용현리 해질 녘
자애로운 운산마애삼존불
백제의 미소 그윽하다

밝은 달밤에
시 한수 쓴 뒤
이태백 빙긋 웃었을까
대보름 날엔
쥐불놀이 돌리며
누런 이 내놓고
환하게 웃던 동네 오빠들

후덥지근 초복 날
백두대간 이만봉 고지 올라
푸른 그늘사초 속 솔나리

꽃봉오리 터지는
수줍은 웃음소리 귀먼다

뭐니뭐니해도
갓 핀 새하얀 함박꽃처럼
벙글어지듯 까르르 웃는
울 손녀 웃음이 최고지

신문

읽을거리 없던 고교 때
전철 통학하며
곁눈질로 신문 읽었다
성인물도 스포츠 만화도 봤다

어우동, 여명의 눈동자
세상에 빗금 그은 소설은
지금도 가슴 속에 또아리 틀고 있다

영혼 빨리는 혼불 소설
이십 초반 연재소설로 읽었다
열권사서 이순 바라보는 지금
아예 끼고 잔다

밤나무 검사 시조 쓰는 검사
나온 기사 샅샅이 핥는다

나도 그처럼
새싹들 위한 재단 만들까

손발 닳도록 일해야지

비오나 바람부나 눈 뜨면
대문 밖 신문 집어든다
눈감을 때까지 신문 읽겠지

장 단

쉼표 주말에
마당가 배나무 아기배 대롱대롱
밀린 숙제하듯 봉지 싼다

아버지가 심어 준 세 그루
볼 때마다 그리움
뭉게 구름처럼 인다

두 마리 노린재
큰 따옴표처럼 붙어
아기배 진액빠느라
말줄임표 되어 조용하다

마침표처럼 다닥다닥
배나무 아래 까마중 보인다
탱글하게 익은 것
입속에서 중모리장단으로 터진다

봄에 만든 열매
여름 가르며 익어가고
내 나날들 실하게 느낌표다

큰 연영초 까만 열매
단단히 여물어 떨어지 듯

삶의 마침표 찍을 때 까지
쉼표 간간히 찍으며
딱 진양조로 가자

배나무 그늘 서늘해 지니
여름 하루도 다 익었다

가을 바람

이말 불란서 영화에서나
속삭이는 줄 알았습니다

영어로만 말해야 유치하지
않은 줄 알았습니다

그간 쭈욱
그대에게나 누구에게나
먼저 말하면 지는 줄 알았습니다

누가 나에게 먼저 이 말을
해줘야 자존심 생겼습니다

아버지 하늘 가신 이후에야
한마디 글로 썼습니다

팔순엄마에게도
괜스레 쑥스러워 여태껏
제대로 못했습니다

이번 여름에
진심으로 해 보려했지만
더워도 너무 더운데
얼굴 뜨거워 질까봐 못했습니다

그러나 그러나
더 늦기 전에 말하렵니다

사랑합니다
모두모두 사랑합니다

시원한 가을바람이 붑니다

저어새

널 보고픈 날은

화성호 가 멀찍이서
노니는 모습 바라본다

춥고 긴 겨울
대만까지 갔다가
다시오는 너

미꾸라지 사서
물 댄 논에 풀어놓고

밥주걱 같은 부리로
논바닥 이리저리
휘휘 저으며
맛나게 먹는 모습 담는다

깃털 긴 부리로 쭈우쭈 고르며
서로 몸단장 한다

널 보고 온 날은

수십만마리 가창오리처럼
온 하늘은 뒤덮고
신나게 춤추며 날고 있는
꿈을 꾼다

언젠가 그리워 할 오늘
죽어도
이름은 죽지않는 저어새야

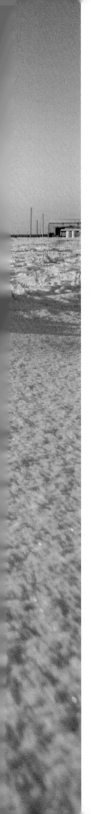

4부 / 먼 후일

기 도

눈내리는 공세리 성당
성모의 기도

밤눈이 사르락 내리거든
가서 보세요

고요 속에 두손 모은
그곳에 가보세요

꿈속에서 기도하는
울엄마
날 향해 모은 손 보여요

나,
항상 기도 생각하며
하얀 겨울밤도

봄빛 속에 다닙니다

담쟁이

개구리의 손가락 발가락 끝
둥근 끈끈이 빨판으로
달라 붙고 싶다

봄엔
간질간질 연두의
새순으로

여름엔 검푸르고
풍성한 초록의 잎사귀로

가을엔
불타 듯한 단풍으로

겨울엔
다닥다닥 까만
열매 매달고

마침내
잎이 다 떨어진
덩굴만 빼곡히 남아도

널
휘감아 돌아
따스한 온기로
겨울을 나고 싶다.

고니마을

고니마을에
고니만 사는 것 아니다
청둥오리 해오라기 물떼새
쳐다보고
가끔 짖어대는 누렁개

쩌억쩍 저수지
얼음장 갈라지는 날

하늘에 흰구름 솟 듯
날아가는 큰고니

저수지에 봄은 멀다

동백꽃

송이채 뚝 낙하한다

울음이 빨갛다

동백에 사는
내 어머니 91세
거실을 기어 다니시니
그 꽃 멀다

부르는 지인 제주 사람
코로나 겹처 너무 멀다

마음속에 내린
제주 백설 위

날마다 붉은
새빨간 동백

손에는 잡히지 않는

25시

요즘 세상은 말이다

죽을 때 까지
밥 좀 먹고 사려면
일하며 살아야 한다

엎어지고 제쳐지고 구르고
오리궁뎅이처럼
빠르지도 않으면서
뒤뚱대며 나아가야 한다

거기에
두가지 일하며 살기란
마하속도으로
휘모리 장단으로 미끄러지 듯
바람을 타고 나가야 한다

눈은 항상 부릅뜨고
시간은 25시로
끼니도 거르면서

인격은 이중인격
아이 가르칠 땐 아이마음
어르신 모실때도 아이마음
서류 할 땐 매의 눈

허구헌 날
엎어지고
넘어지고
구르고 25시다

멘붕(mental collapsing)

어른이 돼서
피곤하고 힘든 날이면
지금은 그 어디에도 없는
말똥구리 꿈을 꾸곤 한다

어릴적
소가 끄는 마차에동네사람 여럿이
무릎을 싸안고
옹기종기 앉아 5일장에 갔다

소 엉뎅이엔
빈대떡만한 똥 덕지덕지
파리와 등애 서리태 콩처럼 콩콩 박혔다
가려운지 꼬리를 이리저리 휘두르며
엉덩짝을 찰싹찰싹 친다

뭉글뭉글 똥을 싸면서
갈 때도 더러있다

단지 묽은 똥은
제발 아니길 바랬다

황토 길바닥
따사롭게 익어가고
소똥에 김이
모락모락 아지랑이 필 때
저어기 옆
동그란 팥단주만한
똥을 굴리며
참말로
느리게 느리게 가는 말똥구리

긴 두 뒷발 물구나무서듯
똥경단을 어디로 굴려 가는지
무엇에 쓰는지
난 알아본 적 없다

조금 비탈진 언덕길을
꽤나 많이 올라 선다
꼭대기에 올라설 즈음

앗차
떼구르르
때굴 때굴 때굴
아래로 아래로 달린다

석 양

바람 부는 강변 둑길
부둥켜안고 싸이고 쌓였던
육신의 얼음을 녹인다

따스한 입김은
두 입술과
뱀의 혀를 지나
두꺼운 코트 속을
붉게 파고 들어
심장속까지 요동친다

몸 끝의 끝까지
불끈불끈 솟는다
그 무엇이든 뚫을 것처럼
그 어떤것이든 휘감아 녹일 듯

어디까지 어디로 가는걸까

녹여져
흐물거리는 육체
희미한 석양빛으로
물들여져
여기저기 진홍빛
싹이 돋는다.

물총새

넌 여름철새 아니더냐
어찌해
이 겨울 홀로 남아
푸른빛 작은 몸둥이로
얼음 돌 위 맨발로 서 있니

한여름 더운 바람
쌔앵 소리나게 가르고
물속을 갈라 총알처럼
물고기 낚아 채더니

꽁꽁 언 찬바람에
우두커니 앉아
먹이 구하려 물속을
하염없이 바라보는

넌,
지금
코로나로 힘들어진
우리들 모양새네

백신은 언제 우리들
몸에 올 껀지
닫힌 가게문 스쳐가는
마스크 쓴 사람들

복수초 피는
입춘이 내일인데

복수초(Adonis)

정월 초하룻날
손발 시려도 온몸으로
햇볕 열기 끌어모아
눈삭이며 피는 황금잔
복받고 장수하니 한잔하시려오

잔설 위에 복수초
대보름달 웃음이다
쥐불통 흔들림 속
왁자한 애들소리

어여차 새순이 솟 듯
둥실둥실 오르자

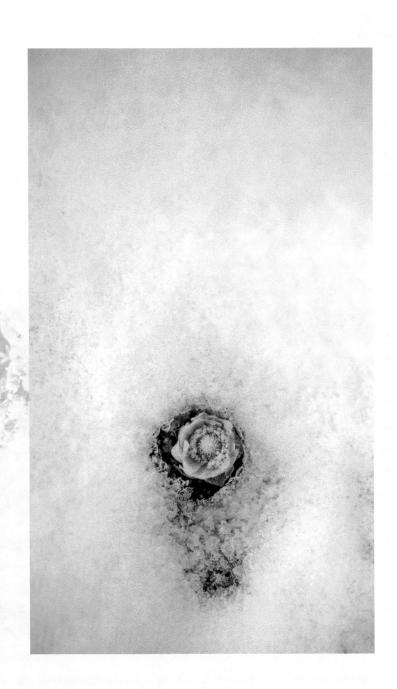

세월

어느새
내가 할머니가 되고
엄마가 어린 아이됐다

시시때때로
하지 말라는 짓을 벌려
사고를 친다

더운 여름날
뜨끈한 자갈 마당
퉁퉁 부운 발등
맨발로 어정어정 다니며
풀을 뽑는다

얼음과자를 좋아해
맘에 드는 것 먼저 고르고
난 나머지를 먹는다

어느새
내가 할머니가 되고
엄마가 어린 아이됐다

구사일송

깡벽에 매달려 버틴목숨
한시간 두시간
일초 이초

곱씹은 그대 넋
독물처럼 푸르다

하강

두 발 힘껏 딛고
두 날개 활짝 펴서
대지를 차고 오르자

누구나 비상하는 꿈을 꾼다
날다가 떨어지기도
벽에 부딪칠 뻔 하기도 한다

솟구치는 오름을 하든
거꾸로 추락을 하든

나,
제대로 시원한 비상은
한번도 해보질 못했다

하강은 또 다른
고요 속 비상이다

이제,
남은 시간을 위한
하강의 꽃향기를
날개에 새기자

먼 후일

그대 없어도

엄마가 준 맷돌에 먹갈아
수목장 할 주목 바라보며
생가가 될 툇마루 앉아서

시를 써간다

* 덕유산 주목

평 론

어머니와 동식물과 인사의 비유 ─ 공광규

어머니와 동식물과 인사의 비유

공광규(시인·문학평론가)

1.

2023년 당진시 올해의 문학인에 선정되어 사진 시집 『엄마의 꽃 밥상』을 출간하게 된 정지원 시인은 순천향대학원 사회복지학과 석사과정을 졸업한 사회복지사다. 월간 ≪문학공간≫ 시 부문에, ≪세종문학≫에 시조 부문으로 등단했다. 그동안 나루문학상을 수상했으며, 이병주국제디카시 공모전에서 우수상을 수상했다. 황순원 디카시 공모전과 홍성 디카시 공모전에서도 입상했다.

시인은 문단 활동에도 관심을 갖고 아산문인협회 회원 및 한국디카사진가협회 오산지회장을 역임하였다. 현재는 아동센터장과 나루문학회장을 역임하고 있다. 그의 감각이 뛰어난 사진기술은 널리 알려져 2017년 11월 내셔널지오그래픽에 입상 및 게재를 하는 영광도 있었다. 또 시&사진 동인전을 다수 하였으며, 개인 초대전시를 4회나 개최했다. 그동안 시집 『매화놀이』, 디카시집 『홍매 서정』과 『쉿, 비밀』을 내었다.

디카시조집 『처녀치마』, 『화조반란』을 내는 등 왕성한 활동을 보여주고 있다.

정지원은 '시인의 말'에서 "어머니를 모시며/ 20여년 등산과/ 자연생태 사진을 담고/ 그 후기로 시를 쓰고 한다."며, "엄마와 자연과 함께/ 많은 시간들이/ 행복한 그림이 되었는지/ 가끔씩 되돌아본다."고 한다. 시인이 '시인의 말'에서 언급한 핵심 단어를 나열하면 어머니 - 자연 - 사진 —시가 된다. 이에 가족 중 어머니와 자연 사물 가운데 동물, 식물 등 세 갈래로 나누어 이 사진시집을 들여다 보려 한다.

2.

많은 시인들이 가족 일원을 소재로 시를 쓰고 있다. 자기 체험 가운데 가장 다양하고 가까운 곳에 자리하고 있는 것이 가족이기 때문일 것이다. 정지원 시인은 가족 제재 가운데 어머니를 상당량 시로 쓰고 있다. 시인은 "흙속/ 어미자궁 태어나"(「나는」) 분진 세상에 살다가 주목에 양분이 되겠다고 한다. 그만큼 어머니와의 정서적 결속이 남달랐음을 보여주고 있다.

사진 속의 문살은 우리가 가장 흔하게 볼 수 있는 것이다. 규모로 보아 민가는 아니고, 아마도 어느 절의 법당이나 대형식당 등 건물의 세살문살이다. 문살을 배경으로 홍매를 올려놓은 사진이다.

현대 아파트와 양옥 중심의 주택에서 툇마루를 보기는 쉽지 않다. 툇마루는 우리 전통 건축에서 각 방과 대청에 연결하여 마당 쪽으로 낸 마루를 뜻한다. 귀틀을 툇기둥에 맞추어 배열하는데 쪽마루라고도 한다. 옛날 어지간한 한옥의 민가나 기와집에는 거의 툇마루가 있었다. 폭이 작은 툇마루를 경험하며 자란 세대에게 툇마루는 정겨운 대상이다.

> 사랑 툇마루 다가서면
> 금방 차려진 첩첩반상
> 창호지 문 열고 엄니가
> 활짝 핀 홍매화 얼굴로
> 반길 듯
>
> ─「홍매 서정」 전문

시인은 제목을 「홍매 서정」으로 붙였다. 왜 '홍매 서정'일까? 시인이 홍매를 보고 어떤 감정이나 정감이 일어 서정이라고 했을 것이다. 화자는 한옥의 툇마루를 목격하면서 옛날을 어머니가 금방 차려낸 '칠첩' 밥상과 붉은 색깔의 홍매에서 창호를 한지로 바른 문을 열고 들어오던 젊은 엄마를 상기한다. 한옥의 세살문살과 홍매, 한지로 창호를 바른 옛집과 엄마의 얼굴을 동시에 소환하는 것이다.

「홍매 서정」은 시집의 후미 「먼 후일」과 상관을 이룬다. 시인은 먼 후일에 "엄마가 준 맷돌에 먹 갈아/ 수목장 할 주목 바라보며/ 생가가 될 툇마루 앉아서/ 시를 써간다"고 현재진행형으로 진술한다.

사진과 시 「사월」에서는 엄마뿐만 아니라 외삼촌과 남동생이 등장한다. 화자의 단 한 분 외삼촌은 꽃이 피는 사월, 꽃샘 바람이 불고 벚꽃 잎이 날리고, 마른 가지에 새순이 움트는 계절에 "지독한 가뭄 끝 단비 내리던 날" 하늘로 갔다. 그 다음 연에 어머니가 등장하는데, "구순 넘은 울엄마가 업어 키운/ 띠 동갑 아래 남동생 소식에/ 진달래빛 눈물"을 흘린다.

시 「바람의 언덕」에서 시인은 언덕을 "어릴 적 코 비비고 눈물 닦던/ 포근한 고라니 등짝 같던/ 울엄니 등"으로 묘사한다. 화자는 머리에 세월의 서리가 내려 머리가 흰 어머니가 혼자 되고 늙은 것을 걱정한다. "울엄니 비빌 언덕은 있나?"하고. 시인은 꽃무릇에서도 자신의 어머니를 상상한다.

> 그 봄 까칠하게
> 삐칠 듯 성성하던 잎
> 모두 다 떠나보내고
> 흔적 없다
>
> 나도 외론
> 붉은 우산꽃

두 손 모아 기도하는
내 어머니

—「꽃무릇」 부분

시인은 땅에서 올라온 붉은 꽃무릇의 형태를 기도하는 어머니로 상상하여 "두 손 모아 기도하는/ 내 어머니"로 묘사한다. 꽃무릇은 수선화과에 속하는 알뿌리식물이다. 9월 10월에 붉은 꽃을 피운다. 잎은 꽃이 진 뒤에 나오는 게 특징이다. 그리고 잎은 다음해 5월쯤 시들어버린다. 산천 어디서나 볼 수 있지만 고창 선운사가 가장 유명하여 사람들에게 많이 알려져 있다.

사진과 시「엄마의 꽃밥상」에서 엄마는 "밤낮/ 텃밭 사랑으로 키워 낸 푸성귀/ 봄이면 들판에 저절로 푸른/ 달래 냉이 머위 씀바귀 뜯이/ 사시사철 밥상 차렸다"고 한다. 김칫독에서도 "퇴근해서 돌아오면/ 웃으면서 박수치는/ 내 어머니여"라

며 어머니를 회상한다. 사진과 시 「가고 오는 계절아」는 병원
에 입원하신 어머니를 떠올린다.

구순 울 엄니
어제 또 입원
(중략)
누워 있으면 다 난다며
네 차타고 집에 가자
조르던 엄니

　　　　　—「가고 오는 계절아」 부분

　구순의 어머니가 병원에 입원을 하면서, 일찍 퇴근을 해도
"오늘은/ 일찍 왔네"하는 목소리가 들리지 않아 화자는 "아랫
목 빈자리가 휑하다"고 한다. 시 「세월」에서는 "어느새/ 내
가 할머니가 되고/ 엄마가 어린 아이"가 된 것을 발견하며, 시
「동백꽃」에서는 "동백에 사는/ 내 어머니 91세/ 거실을 기어
다니시니/ 그 꽃 멀다"고 한다.
　정지원의 시에 아버지가 나타나는 경우는 드물다. 화자는
주말에 마당가 배나무에 매달린 아기배를 종이에 싸면서 "아
버지가 심어준 세 그루/ 볼 때마다 그리움/ 뭉게구름처럼 인
다"(「장단」)고 표현한다. 시 「가을바람Ⅱ」는 아버지와 엄마
가 병기된다.

그간 쭈욱
그대에게나 누구에게나
먼저 말하면 지는 줄 알았습니다

누가 나에게 먼저 이 말을
해줘야 자존심 생겼습니다

아버지하늘 가신 이후에야
한마디 글로 썼습니다

팔순 엄마에게도
괜스레 쑥스러워 여태껏
제대로 못했습니다
—「가을바람 II」부분

구성 전략이 잘 된 시다. 앞의 문장에서는 독자를 궁금하게
하고, 뒤에서는 답을 주는 구성방식이다. 전반에 답을 주지 않
고 후반에 "사랑합니다/ 모두모두 사랑합니다"라고 답한다.
구성은 중요한 글쓰기 방식이다. 시인이 어떻게 쓰느냐에 따
라 독자가 시 읽기를 그칠 것인가 시를 끝까지 읽을 것인가 판
단한다.

논어 양화편에서 공자는 이렇게 말했다. 시는 어버이를 섬
길 수 있게 한다고. 어버이를 섬기는 방법 가운데 하나는 어버
이를 기록하고 기억하고 추억하는 것이다. 정지원은 시에 엄
마나 아버지와 함께한 경험을 기억하여 기록하고 보전한다.
예를 들면 엄마의 밥을 받아먹은 사건과 홍매처럼 붉은 얼굴,
아버지가 심은 나무를 문장에 저장한다. 영생이란 다름이 아
니고 타자의 기억 속에, 타자가 기록한 문장 속에, 타자의 가
슴 속에 남는 것이다. 정지원은 사진과 시를 통해 어버이를 영
생케 한다.

3.

정지원 시집에는 많은 동물들이 출현한다. 시에 언급된 동물들은 물총새 등 날짐승뿐만 아니다. 바다의 "따개비, 고둥, 게"(「안개바다」)가 있고 말똥구리와 소(「맨봉」)도 있다. 시 「우강들, 5월」은 초여름 모를 낸 시골의 무논 사진과 시다. 우리가 시골의 들에서 발견할 수 있는 조류들이다. 시에서 저어새와 황새와 백로를 언급하고, 민물도요를 언급한다. 시 「가창오리 군무」에서는 가창오리떼가 연출하는 장관을 사진으로 보여준다.

저어새, 황새, 백로, 왜가리
민물도요 떼들 먹이 찾아
노타리 친 이 논 저 논 분주하다

고래가 드나들었다는
폐교된 내경초등학교 운동장

보반리 마을회관 주차장 모판
빈들에 초록으로 채워진다

대포리 논 가운데 성성한 팽나무
거대한 둥근 연두꽃
굴뚝만 성성한 폐가도
아침 해로 황금빛

허리 한 번 펼 새 없이
엎드려 소 되어 모내기 하는
아버지도 희미하게 보인다

　　　　　　　　　―「우강들, 5월」 전문

　이 풍요로운 농촌 정경을 묘사한 시에는 위에 언급한 조류
뿐만이 아니고 포유류인 고래까지 언급 된다. 모판과 논 가운
데 서 있는 성성한 팽나무, 연두꽃과 폐가들이 아침 햇빛이 비
치면서 보여주는 황금빛 색깔이 독자를 상상 공간을 아름답게
수놓는다. 그 농촌의 공간에는 소처럼 엎드려 일하는 아버지
도 희미하게 감각된다.

　그동안 많은 사진가들과 시인들은 가창오리 떼가 무리 지어
날아가는 모습을 사진과 시로 남겼다. 가창오리 떼는 대표적
겨울 철새다. 매년 11월 말부터 충남, 전북, 경남 등지의 물가
에 찾아왔다가 이듬해 1~2월쯤 시베리아로 돌아가는 것으로
알려졌다. 정지원 역시 가창오리 떼의 군무를 사진과 시로 보
여주고 있다.

　시인은 "다시 대열을 정비하길/ 몇 번째 회오리치듯/이리
쏠리고/ 저리 쏠리고// 하늘 보며/ 고개를 이리저리/ 무리의

대형을 따라간다"고 오리 떼와 사람들의 모습을 묘사한다. 시 「주산지」에서는 물속에 잠겨있는 왕버드나무 가지를 "태고의 바람결대로 굽"었다고 비유하며, "잉어와 산새들 놀이에/ 잔물결 일렁인다"고 묘사한다. 주산지에는 원앙 한 쌍도 있다. 이 원앙의 머리를 연두빛 물에 잠긴 검푸른 버드나무가 그림자가 쓰다듬는다는 감각적 표현을 하고 있다.

시 「폐목선」에서는 "갯고랑 훤히/ 드러나면 먹이 찾는/ 갈매기들만 분주한데"라고만 한다. 정지원의 시에 동물들도 등장한다. 시 「고니마을」에서 청둥오리와 해오라기와 물떼새를 언급하고, 시 「물총새」에서는 "푸른 빛 작은 몸뚱이로/ 얼음돌 위 맨발로 서 있"는 물총새와 코로나로 힘들었던 사람을 비유한다.

시 「지안재 이야기」에서는 "길 위에서/ 늦은 저녁 먹을 때/ 길고양이/ 차 안 방석 위에 앉아/ 만찬 훔쳐 먹는다"며 고양이를 언급한다. 갯고랑의 사진과 시 「구원」에서는 "물줄기 흐름이 선연한 데/ 팔뚝만한 숭어 거슬러 오르다/ 다시 긴박해진다"며 썰물 진 바다의 풍경을 역동적으로 묘사한다.

연밭 사진과 시 「연꽃」은 표현의 백미를 이룬다. 화자는 "푸른 연잎 위 청개구리"가 "두 손을 가지런 걸치고 우릴 쳐다본다"며 동물과 사람의 교감을 형상하며, "아기만한 쇠물닭"이 머리를 흔들며 헤엄을 치다 "물수제비 뜨며" 날아간다는 아름다운 표현을 한다.

비유는 가장 오래된 시의 수사방식이다. 아마 시는 비유를 발명하면서 시작되었을지 모른다. 점점 많은 사람들이 비유적 방식으로 말하고 글을 쓰면서 시가 풍성해졌을 것이다. 비유는 옛날이나 지금이나 듣거나 읽는 사람에게 지적 쾌감을 불러일으킨다. 그리고 그 비유의 낯설기는 오래 기억하게 한다.

시 「담쟁이」에서도 마찬가지다. 담을 타고 오르는 담쟁이의 생태적 특성을 개구리의 손가락과 발가락이 사물에 달라붙는 생태적 특성에 비유하고 있다. 담쟁이덩굴은 덩굴성 갈잎나무다. 가지에서 나온 덩굴손 수십 개로 바위와 나무와 건축물들을 기어오르면서 자란다. 덩굴손이 벽면에 흡착하는 힘이 상당하다.

> 개구리의 손가락 발가락 끝
> 둥근 끈끈이 빨판으로
> 달라붙고 싶다
>
> 봄엔
> 간질간질 연두의
> 새 순으로
>
> 여름엔 검푸르고
> 풍성한 초록의 잎사귀로
>
> 가을엔
> 불타는 듯한 단풍으로
>
> 겨울엔
> 다닥다닥 까만
> 열매 매달고
>
> 마침내

잎이 다 떨어진
덩굴만 빼곡이 남아도

널
휘감아 돌아
따스한 온기로
겨울을 나고 싶다

—「담쟁이」 전문

벽에 흡착하는 담장이의 덩굴손과 개구리의 끈끈이 빨판, 사철 다른 색깔을 보여주는 잎 등 적실한 비유와 구성이 잘 된 시다. 우리나라에서 흔하게 볼 수 있는 담쟁이 잎은 3~5 갈래로 갈라진 손바닥과 비슷하다. 초여름에 잎겨드랑이에 엷은 녹색으로 꽃이 피고, 가을에는 자주색을 띤 열매가 열린다. 총 7연의 이 시는 6연까지 담쟁이의 생태적 특성을 진술하다가 8연서 타자를 "휘감아 돌아/ 따스한 온기로/ 겨울을 나고 싶다"고 한다.

4.

　정지원의 시에는 식물 이름들이 많이 등장한다. 시「더워도」에서 "난 어느 때부터/ 산과 들에 피고 지는 야생화/ 보고 찍고 해야" 살고 "꽃들을 보고/ 사는데 힘을 얻는다"(「더워도」)는 시인은 자연 제재에 관심을 갖고 언술하는 능력을 지닌 시인이다.

　논어 양화편에 공자가 말씀하기를, 너희들은 왜 시를 배우지 않느냐? 시는 새와 짐승, 풀과 나무의 이름을 많이 알게 한다고 하였다. 새, 짐승, 풀, 나무의 이름이 시 문장에 있으니 많이 알아서 듣고 보는 데 도움이 될 것이고, 시가 사람에게 유익한 것이 이와 같으니 너희는 배우지 않을 수 없을 것이라는 것이다. 따라서 조수초목의 이름을 하나 아는 것은 시어를 하나 아는 것과 같다.

> 함백산 갈림길 싸릿재에서
> 일월비비추 하얀 물결치는
> 금대봉 지난다
>
> 다소곳 도라지모싯대
> 고갤 떨구고
> 늘씬한 각시취 큰제비고깔
> 장승처럼 서 있다
>
> 된비알 비단봉
> 산꿩의다리 애기창반디
> 향긋한 참당귀 그득한

숲 속 길 지나

드넓은 초록 융탄자
고랭지 배추밭

　　　　　　　　　ㅡ「바람의 언덕」부분

　이렇게 일월비비추, 도라지모싯대, 각시취, 큰제비고깔, 산
꿩의다리, 아기참반디, 참당귀 등 여러 가지 식물들을 나열하
고 있다. 시「소진」에서는 "뻘 위의 칠면초"와 "해송 그늘 아
래/ 붉은 털중나리/ 길 옆, 하얗게 웃으며/ 간들거리는 큰까치
수영"을 나열한다. 시「열 빛깔 꽃무지게」도 물매화, 만삼꽃,
하늘매발톱, 각시붓꽃, 산부추, 종덩굴을 나열한다.

　사진과 시「일색고사리」는 울릉도 여행경험을 쓴 시다. 울
릉도의 가장 높은 봉우리인 "성인봉에서 도동 향하여/ 내내
너도밤나무 숲 아래 녹색고사리 융단/ 점점이 노란 섬말나리
가로등"되어 서 있으며, "초록바다 일색 고사리"가 태평양을
향해 이리 쏠리고 저리 쏠리고 있다고 한다. 시인은 이런 식물
의 물리적 현상을 인사에 비유해 "시시때때 카멜레온처럼 변
색하는/ 정치가들 생각"이 난다고 한다.

　사진과 시「섬말나리」역시 울릉도 성인봉 여행체험을 옮긴
시다. 시인은 이곳 정경을 "노란 섬말나리 가득/ 일색고사리
속 쑤욱쑥 고개 들었다// 너도밤나무잎 양산되어/ 햇빛 가리
고/ 나리꽃 황금분 향기 진동한다"고 표현한다. 정지원이 언
급하는 식물명들은 별도로 식물을 공부하지 않고는 알기 어려
운 것들이다.

높은 산 습찬 자리
보라고 피우는 꽃
긴 치마 다소곳이
오지랖 드리우고

긴긴날 그리원하다
구름지듯 지느니

　　　　　　　　　ㅡ〈처녀치마〉 전문

　이번 사진 시집에서 식물을 사진과 언술로 꾸민 첫 시는
「처녀치마」다. 사진에 보이 듯 보라색이며, 우리나라 산과 들
녘에서 자주 만나는 들꽃인 처녀치마는 한국과 일본에 분포
하는 여러해살이풀로 시인이 언급했듯 "높은 산 습찬 자리"인
산지의 습기가 있는 곳에서 자라는 것으로 알려졌다. 다른 많

은 풀과 꽃의 이름이 그렇듯 꽃이 피었을 때의 모양이 처녀들이 입는 화려한 치마를 닮아서 '처녀치마'라고 이름이 붙여졌을 것이다.

시인은 처녀치마 꽃이 핀 장소와 장소의 습한 조건, 그리고 꽃의 색깔을 묘사한 뒤 "긴 치마 다소곳이/ 오지랖 드리"웠다고 표현한다. 이 꽃은 시인에게 "긴긴날 그리워하다/ 구름 지듯 지"는 어떤 서사가 있는 죽음으로 읽힌다.

산자고는 한자로 '山慈姑'이다. 한자를 뜻풀이 하면 '산에 사는 자애로운 시어머니'라는 말이다. 며느리가 몹쓸 병에 걸리자 시어머니가 이 약초를 사용하여 치료했다고 한다. 이름의 유래다. 꽃말이 '봄 처녀'인데, 들에나 야산에 군락을 이루고 서식하는 우리나라에서 쉽게 만날 수 있는 꽃이다. 정지원은 산자고를 이렇게 시로 묘사하고 있다.

그곳 신시도 가면
그리움에 지쳐
바닷바람에 빛바랜
네가 살지

돌 위 살포시 얹힌
새하얀 꽃
넘 기다림에
지쳐 보랏빛

자애로운 시어머니
산자고 아니 까치무릇
한꽃 두 이름 산자고

넌 그 산의 별들
그리고 모여 있는
그니들은
은하수로 불러주고 싶어

—「산자고」 전문

시인이 산자고를 발견한 곳은 서해 신시도라는 섬에 있는 산
이다. 만과 바다가 내려다보이는 산에 핀 산자고는 바닷바람
에 빛이 바랜 듯 새하얀 색이다. 또 산자고는 흰색이지만 보랏
빛을 띠기도 한다. 시인은 그 이유를 "너무 기다림에" 지친 결
과로 상상한다. 우리나라 토종 튤립인 산자고를 까치무릇이
라고도 한다. 그러나 화자는 산자고나 까치무릇이라는 이름
들 대신에 "난 그 산의 별들/ 그리고 모여 있는/ 그 님들을/ 은

하수로 불러주고 싶다"고 한다.

해바라기는 마르는 과정에서 뒤틀린다. 시인은 사진과 시 「해바라기」에서 이런 해바라기의 식물학적 특성을 사람의 심리에 빗댄다. 타자를 향해 자신의 마음도 "가끔씩은 들여다보자"고 제안한다. 마른 해바라기의 모습처럼 사람의 마음도 뒤틀리고 꼬여지고 시커멓게 굴속 같은 마음이 있다는 것이다. 그러니 해바라기를 해서 밝아지자는 것이다.

시 「설악을 오르며」에서는 "신선봉 벼랑 위 산솜다리/ 빼꼼히 내려다본다"며 산솜다리를 시 「폐목선」에서는 "박주가리 갯질경이/ 노란 집신나물꽃 칠면초"를 언급한다.

5.

정지원의 사진시집은 어머니를 제재로 한 상당한 수의 시편과 아버지, 그리고 동물과 식물, 이 세 가지로 분류하여 살펴보았다. 그의 시에는 어머니와 친밀했던 시간을 회고하고 아버지가 남긴 사물은 추억하고 있다. 많은 동물의 사진과 이름, 많은 식물의 이름과 사진을 통해 독자의 눈과 마음을 즐겁게 하여 심성을 고양시킨다.

정지원의 이번 시집은 시에 사진을 담은 것이 특징이다. 그야말로 사진시집이다. 사진시집은 국내 상당수의 시인들이 해오고 있는 작업이긴 하나 아직 그렇게 보편화 된 것은 아니다. 서구에서는 독일의 브레히트가 사진시집을 낸 것으로 알려지고 있다. 다만 브레히트는 사진에 대한 비판적 독해를 시도한 반면, 정지원을 비롯한 국내의 시인들은 대부분 사진을 보완

하거나 부연하는 형식의 사진시집인 것이 다르다.

사진시집은 최근 확장 추세에 있는 디카시와 비슷하지만 많이 다르다. 사진시집은 오래된 전통적 문예양식이다. 상당수의 사람들이 사진과 시를 동시에 읽어가면서 감흥하고 감동받는다. 정지원의 이 시집도 마찬가지다. 정지원의 아름다운 사진이 시를 보완하고 정지원의 시가 사진의 깊이를 보완하면서 독자를 몰입시킨다.

엄
마
의
／
꽃
밥
상

| 초판 1쇄 인쇄일 | ㅣ 2023년 10월 20일 |
| 초판 1쇄 발행일 | ㅣ 2023년 10월 31일 |

지은이	ㅣ 정지원
발행처	ㅣ (재)당신문화재단
	충청남도 당진시 무수동 2길 25-2
	Tel 041-350-2911 Fax 041.352.6896
	https://www.dangjinart.kr/

펴낸이	ㅣ 한선희
편집/디자인	ㅣ 정구형 이보은
마케팅	ㅣ 정찬용 정진이
영업관리	ㅣ 한선희 김형철
책임편집	ㅣ 정구형
인쇄처	ㅣ 으뜸사
펴낸곳	ㅣ 국학자료원 새미 (주)
	등록일 2005 03 15 제251002005000008호
	경기도 고양시 덕양구 권율대로656 원흥동 클래시아 더 퍼스트 1519,1520호
	Tel 4424623 Fax 64993082
	www.kookhak.co.kr
	kookhak2010@hanmail.net
ISBN	ㅣ979-11-6797-132-6 *03810
가격	ㅣ 13,000원